Direction : Guillaume Arnaud
Direction éditoriale : Sarah Malherbe
Édition : Raphaële Glaux

Direction artistique : Élisabeth Hebert

Fabrication : Thierry Dubus, Aurélie Lacombe

Site : www.editionsfleurus.com
ISBN : 978-2-2150-4806-0
N° d'édition : 09063

« Loi n° 49-956 du 16 juillet 1949 sur les publications destinées
à la jeunesse. »

Photogravure Point 4
Achevé d'imprimer en mars 2009 en Italie par Esaprint
Dépôt légal : avril 2009

Les familles du Grand Chêne

Histoires d'animaux

Écrites par Pascale Hédelin
Illustrées par Émilie Vanvolsem

Fleurus

Sommaire

Les nouveaux voisins de Pirouette

Aujourd'hui, Pirouette le petit écureuil s'ennuie. Il n'a pas envie de lire, il n'a pas envie de jouer. Il n'a envie de rien, car son meilleur ami, Émile le petit loir, a déménagé pour aller vivre dans une autre forêt.

Les deux enfants étaient inséparables !

Pirouette sert dans ses pattes le Chevalier Noir qu'Émile lui a offert avant de s'en aller. Ah non, il ne va pas pleurer quand même !

Soudain, Pirouette entend du bruit en dessous. Il sursaute :
« Et si Émile était revenu ? »
Hélas non ! Caché dans l'escalier, Pirouette aperçoit une famille inconnue, des pics épeiches, qui s'installe dans l'appartement de son ami. Tiens, ils ont un fils du même âge que lui ! Mais Pirouette n'a pas envie de le connaître, ce pic épeiche. Mais alors, pas du tout !

Le lendemain, sans demander l'avis de Pirouette, ses parents invitent le nouveau petit voisin à venir jouer à la maison !
« Montre tes soldats à Pirlouit, dit papa, vous ferez connaissance.
– Je n'ai pas envie ! » marmonne Pirouette.
Trop tard. Pirlouit a déjà saisi son Chevalier Noir.
« Non, pas celui-ci ! s'écrie Pirouette.
– Pourquoi ?
– Parce que je ne veux pas, réplique Pirouette en le lui arrachant des mains.
– Je m'en fiche ! De toute façon, il n'est pas beau ton chevalier », lance Pirlouit.
Et il quitte la chambre à toute allure. « Bon débarras ! » pense Pirouette.

Le dimanche matin, plic ploc, un drôle de bruit réveille Pirouette. De l'eau s'écoule du plafond et dégouline sur son étagère. Alerte, c'est l'inondation ! Mademoiselle Églantine, la voisine du dessus, a oublié de fermer le robinet de sa baignoire et tout a débordé.
Elle vient s'excuser :
« Je suis désolée, je ferai plus attention la prochaine fois ! »
Mais Pirouette fait la tête : tous ses beaux livres et ses soldats sont trempés.

Maman les étend sur la corde à linge et le rassure :
« Ne t'inquiète pas, le vent va les sécher. »
Le vent fait claquer les pages des livres. Mais… Oh ! il renverse les soldats… et emporte le Chevalier Noir, qui plonge dans le vide !
Vite, Pirouette et son papa se lancent à sa recherche. Mais ils ont beau explorer le jardin, aucune trace du précieux chevalier. Pirouette est catastrophé.

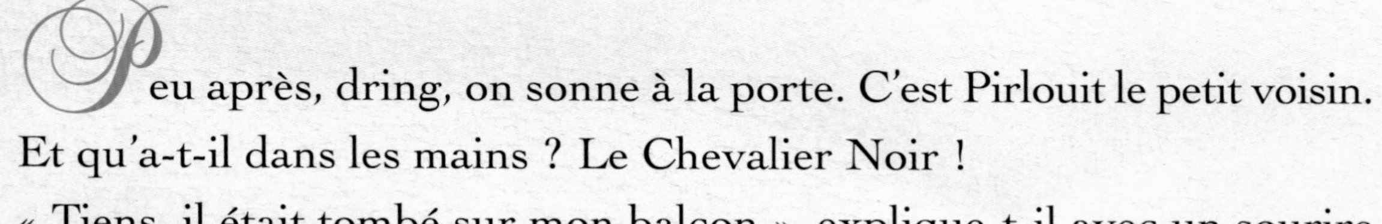

Peu après, dring, on sonne à la porte. C'est Pirlouit le petit voisin. Et qu'a-t-il dans les mains ? Le Chevalier Noir !
« Tiens, il était tombé sur mon balcon », explique-t-il avec un sourire timide. Pirouette saute de joie :

« Youpi ! Merci ! »

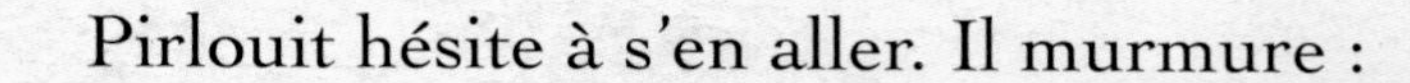

Pirlouit hésite à s'en aller. Il murmure :

« Tu sais, chez moi, j'ai un grand château fort, avec un canon qui lance des boulets. »

Un canon ? Ça intéresse Pirouette !

« Et j'ai aussi un seigneur, poursuit Pirlouit avec fierté, une reine, un ours qui jongle et plein de soldats… »

Cette fois-ci, Pirouette ne résiste pas.

« Tu me les montres ?

– D'accord ! Viens ! »

Hop ! Les voici chez Pirlouit. Oh ! Que son château est beau ! Pirouette tire au canon pour faire dégringoler les ennemis ! Pirlouit lance le Chevalier Noir à l'assaut du vilain dragon !

Finalement, les deux nouveaux amis passent tout le dimanche à jouer ensemble…

Un mois plus tard, les vacances d'été commencent. Et devine qui vient rendre visite à Pirouette ? Émile le petit loir ! Pirouette, Émile et Pirlouit se lancent alors dans une grande bataille de chevaliers et Pirouette pense, ravi, qu'il est le plus heureux des écureuils puisqu'il a ses deux meilleurs amis avec lui.

Des jumeaux chez Léo !

Ce matin, maman et papa ont une grande nouvelle à annoncer à Léo le petit lapin. Maman dit :
« Écoute, mon chéri, je vais avoir un bébé ! »
Un bébé ? Léo est stupéfait :
« Il arrive quand ? Demain ?
– Oh non, dit maman en riant. Il naîtra au printemps ! »
Que c'est long pour fabriquer un bébé ! Les jours passent, les semaines, les mois…
Enfin, par un beau matin de printemps, le bébé est là… ou plutôt les bébés, car surprise, il y en a deux : Lilipop et Pépino. Ils sont rigolos, avec leurs petites oreilles et leurs poils ébouriffés !

Les bébés, c'est bizarre, ça dort tout le temps, ça mange souvent et ça pleure n'importe quand ! La nuit, ils réveillent Léo. Mais dans la journée, il n'a pas le droit de les déranger : ce n'est pas juste !
Pire que ça, quand Léo rentre de l'école, ses parents sont toujours occupés avec Lilipop et Pépino : ils leur donnent des biberons, changent leurs couches, les baignent, les bercent... Ils sont embêtants, ces bébés !

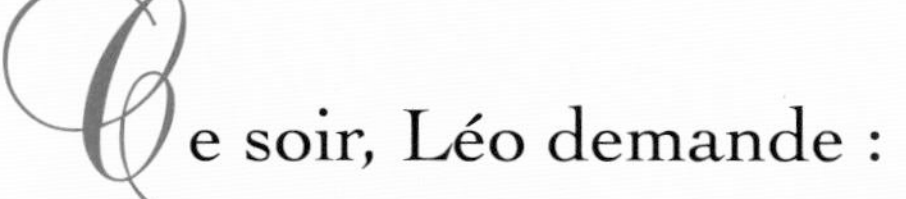

Ce soir, Léo demande :
« Maman, tu joues au loup goulu avec moi ?
– Oh non, je ne peux pas, mon chéri. Je dois donner un bain à Lilipop.
– Dis, papa, on joue de la trompette ?
– Ce n'est pas le moment, répond papa. Pépino a faim. »
Personne ne veut s'occuper de Léo ! Tant pis, il jouera tout seul
de la trompette : Taratata ! Pouêt ! Pouêêt !
Aussitôt ses parents se précipitent :
« Tu le fais exprès ou quoi ?
– Tu nous fatigues à la fin ! »
Ça alors, jamais ils ne se sont fâchés autant après lui.
Tout ça à cause de ces méchants bébés : Léo les déteste !

Tout à coup, au dernier étage du Grand Chêne une voix affolée s'écrit :
« Au secours, je crois que j'ai fait une grosse bêtise, il fait tout noir chez moi ! »
C'est mademoiselle Églantine ! Elle a fait sauter l'électricité dans son appartement, en branchant sa machine à chocolat.
« Je monte la rassurer, décide maman.
– Et moi je vais réparer la panne, dit papa. Léo, tu veux bien garder les jumeaux ?

Et les voilà partis. Ah ! Mais non, pas question que Léo s'occupe de ces vilains pleurnichards ! Qu'ils se débrouillent !
Et il s'enferme dans sa chambre.
Peu après, Léo entend pleurer. Il se bouche les oreilles, mais les pleurs continuent. En soupirant, il entre dans la chambre des jumeaux.
« Que se passe-t-il, Pépino ? Tu vas réveiller Lilipop, chuchote-t-il. Ah ! Tu as perdu ta sucette ! »
Léo déniche la sucette sous le petit lit. Il la donne à Pépino. Ouf, il se calme, Léo repart sur le bout des pattes. Hélas, à peine passe-t-il la porte que Lilipop se met à pleurer à son tour. Et Pépino qui recommence ! C'est infernal !

Alors, il vient une idée à Léo : il s'assoit entre les deux berceaux, pose une patte sur chaque bébé et leur murmure une petite chanson qu'il a inventée.
Lilipop et Pépino s'apaisent. Et si Léo repartait maintenant ? Mais non, sans lui, son petit frère et sa petite sœur auraient peur. Léo les regarde.
« Après tout, ils ne sont pas si affreux ! » se dit-il.

À leur retour, papa et maman sont impressionnés de trouver les bébés aussi calmes :
« Bravo, Léo !
– Et mille pardons de t'avoir grondé, mon chéri ! »
Et ils le couvrent de baisers. Léo se sent bien soudain. Finalement, ce n'est pas si pénible, les bébés, mais il faut savoir s'en occuper.
« Quand ils seront grands, décide Léo, je leur apprendrai à jouer de la trompette. On va bien s'amuser ! »

Fleur a peur du noir !

Cet après-midi, dans la cuisine, Fleur la petite renarde et Léo le petit lapin fabriquent des potions magiques ! Coiffés d'un grand chapeau de sorcière, les deux amis mélangent du vinaigre, de la terre, un morceau de pomme écrasé, des fleurs...
« Trois gouttes de bave de crapaud, s'écrie Fleur en attrapant du produit vaisselle. Celui qui boira ça se transformera en crotte de mouche !
– Ou en monstre ! répond Léo. Un monstre avec des yeux rouges, qui se cachera dans le grenier et qui sortira la nuit... Pour de vrai ! »
Fleur frissonne. Brrr, les histoires de monstres, elle n'aime pas ça.

Le soir, dans son lit, Fleur se tourne et se retourne, inquiète.
Pas moyen de s'endormir. Elle allume la lumière, se lève...
« J'ai envie de faire pipi, dit-elle à maman.
– Encore ? » s'étonne celle-ci.
Fleur se recouche. Mais cinq minutes plus tard, la revoilà debout.
« Je n'ai pas dit bonne nuit à mes poissons rouges », ment-elle.
Maman fronce les sourcils :
« Maintenant, ça suffit, il faut dormir ! »

Fleur obéit. Enfin… elle essaie. Mais sa chambre est si sombre… Oh ! Et quelle est cette silhouette biscornue qui se découpe là-bas, devant sa fenêtre ? Et ces points rouges qui luisent ? On dirait des yeux. Ah ! Qui grince comme ça ? C'est sûr, les monstres aux yeux rouges sont là, tapis dans le noir !
Fleur se recroqueville au fond de son lit en serrant sa peluche adorée, mais ça ne va pas mieux !

Elle appelle :
« Papa, maman, j'ai peur, il y a des monstres partout ! »
La lumière s'allume dans le couloir, ouf ! ses parents sont là. Maman la prend dans ses bras :
« Calme-toi, il n'y a pas de monstres. Regarde, c'est ton manteau qui pend tout de travers.

– Et… les yeux rouges ? insiste Fleur.
– C'est ton nouveau réveil sur ton bureau, dit papa. Et ce qui grince, ce sont les volets dans le vent. Tu vois, tout va bien ! Allez, au dodo, nous te laissons la petite lumière allumée. »
Fleur est rassurée. C'est bête d'avoir peur pour rien.
Et puis, elle n'est pas peureuse !

Un dernier baiser et ses parents sortent de la chambre. Tout est calme. Fleur va s'endormir lorsque soudain, elle entend une voix bizarre chuchoter quelque part. Une voix haut perchée, dont elle ne comprend pas les mots…
« Une voix de sorcière ! » frémit Fleur.

À nouveau, elle appelle :
« Maman ? Papa ? »
Rien. Pourquoi ne répondent-ils pas ? Sont-ils en danger ?
Fleur rassemble tout son courage et sort de sa chambre.
Sur la pointe des pattes, elle traverse le couloir.
Son ombre sur le mur l'accompagne.

Qui se tient là, dans le hall d'entrée ? Oh, ce sont ses parents, avec mademoiselle Églantine. Celle-ci chuchote de sa voix haut perchée :
« Excusez-moi, pourriez-vous me prêter un bonnet de nuit ? Je ne sais plus où j'ai mis le mien et je ne peux pas dormir sans lui.
– Votre bonnet ? Mais vous l'avez sur la tête ! dit le papa de Fleur en souriant.
– Saperlipopette, suis-je distraite ! » s'exclame leur voisine.

À ces mots, Fleur se met à rire.
« Oh, j'ai réveillé Fleur ! Pardon, mignonnette. Viens que je t'embrasse ! » s'écrie mademoiselle Églantine.
Fleur aime bien ses bisous tout doux.
Ensuite, elle file regagner son lit tout chaud. Comme elle y est bien ! Il ne peut rien lui arriver, car elle en est certaine : les horribles monstres, ça n'existe pas !

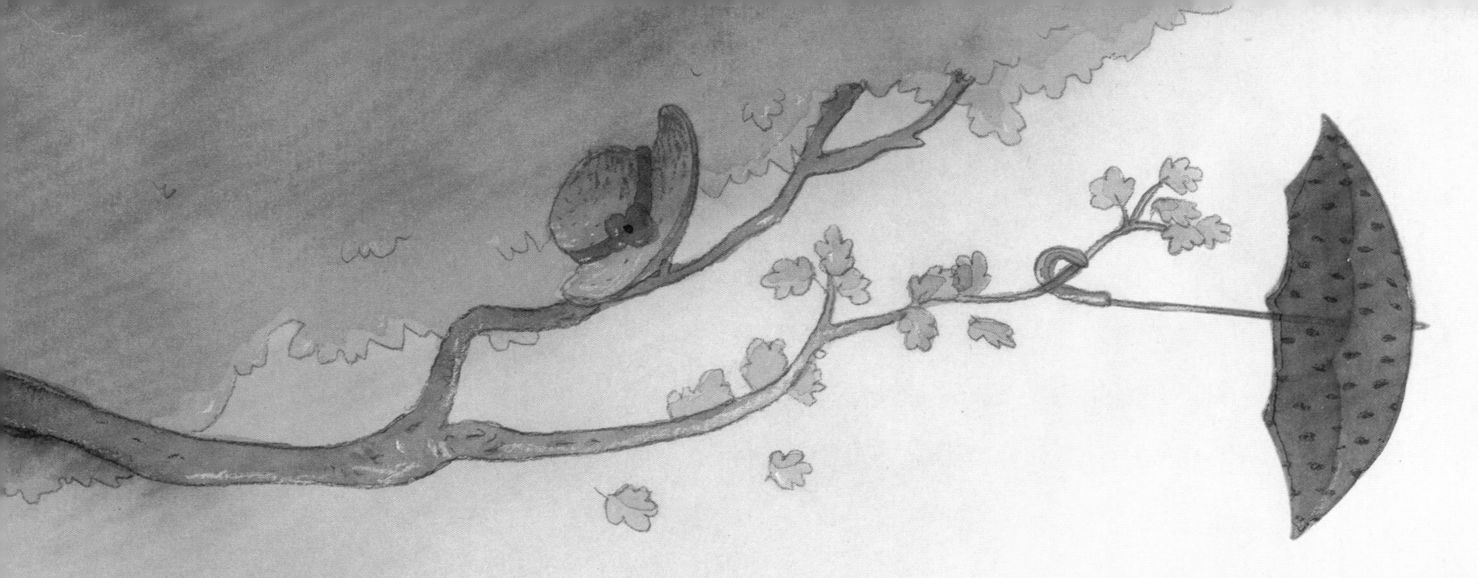

Plume ne veut pas aller à l'école

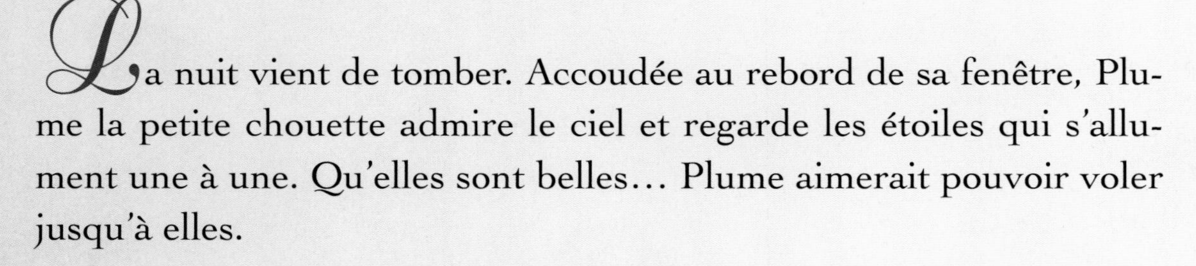

La nuit vient de tomber. Accoudée au rebord de sa fenêtre, Plume la petite chouette admire le ciel et regarde les étoiles qui s'allument une à une. Qu'elles sont belles… Plume aimerait pouvoir voler jusqu'à elles.

Tiens, le parapluie de mademoiselle Églantine passe devant la fenêtre ! Hier, c'est son chapeau à fleurs que le vent a emporté. Mais ce soir, les étourderies de sa voisine n'amusent pas Plume car la petite chouette est inquiète.

À cet instant, papa entre dans la chambre :
« Tu en fais une tête, que se passe-t-il ?
– Euh, rien. Dis, papa, pourquoi les étoiles brillent-elles ?
– Eh bien, ce sont des milliards de soleils. Ils t'envoient leur lumière de très loin, à travers l'espace, pour que tu fasses de jolis rêves... Allez, bonne nuit, ma douce. »
Plume aime écouter son papa. Et quand il est là, près d'elle, elle n'a plus peur de rien.

Mais le lendemain matin, aïe, Plume a un peu mal au ventre. En fait non, ce n'est pas tout à fait vrai : elle aimerait surtout rester bien tranquille à la maison.
« Maman, murmure-t-elle, je n'ai pas très envie d'aller à l'école… »
Maman lui sourit :
« Pourquoi ? C'est à cause de ta poésie ? Tu as peur de la réciter ? »
Plume baisse la tête. Elle déteste parler devant toute la classe. Maman l'encourage :
« Mais tu la connais par cœur ! Et personne ne se moquera de toi. Allez, récite-la-moi encore une fois et après, on y va ! »

En classe, madame Bobinette la maîtresse commence par interroger… Fleur la petite renarde. Tant mieux, ce n'est pas Plume ! Fleur s'en sort plutôt bien.
« À qui le tour ? » demande la maîtresse.
Vite, Plume se cache derrière sa trousse. Ouf, Léo lève le doigt et le petit lapin récite à toute allure la poésie.

« C'est très bien les enfants. Arrêtons là. Demain, nous continuerons la récitation », dit Madame Bobinette.
Plume est soulagée… Mais, c'est bizarre, elle se sent aussi un peu déçue de n'avoir pas récité. Sa poésie, elle la savait aussi bien que les autres, non mais !

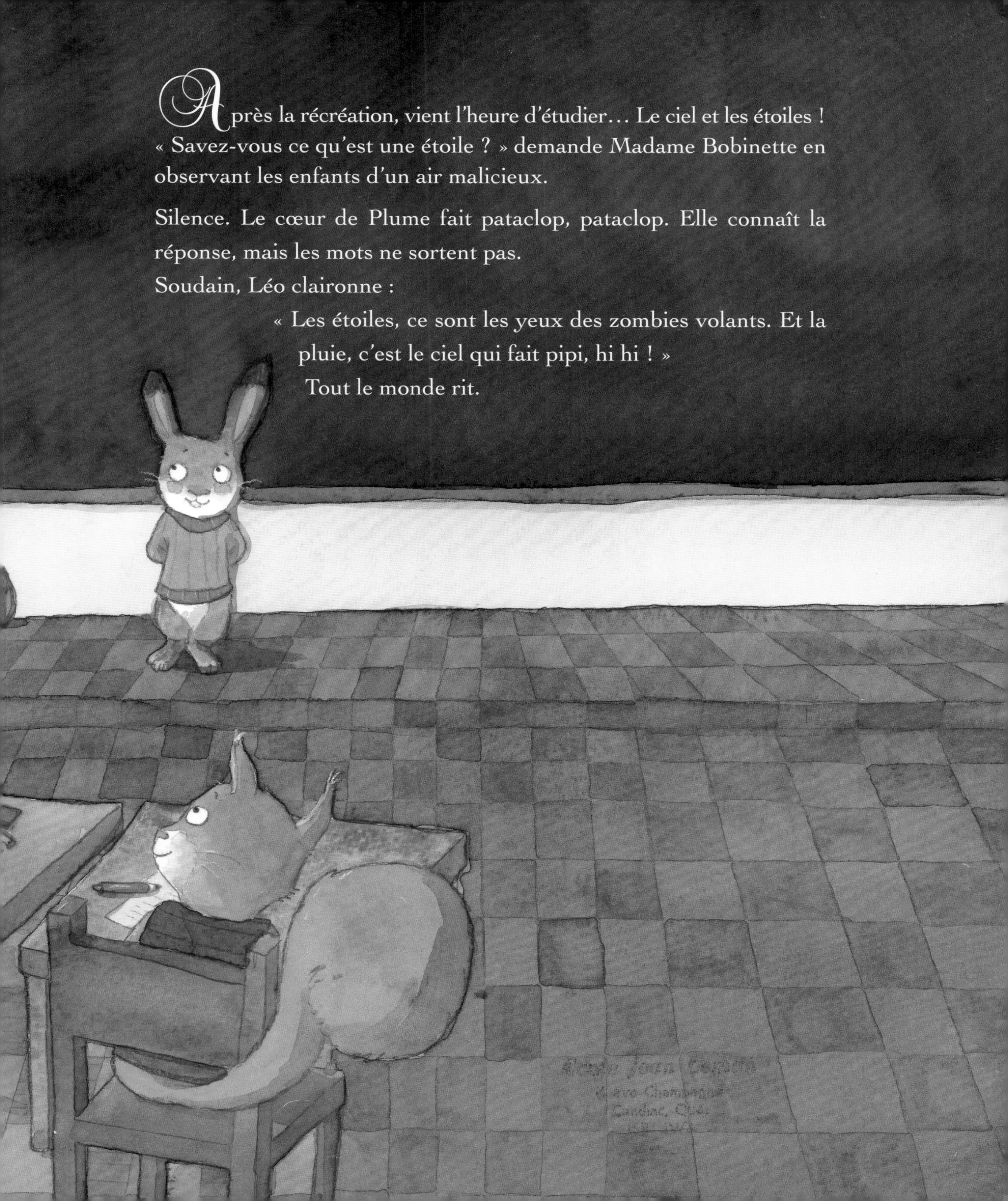

Après la récréation, vient l'heure d'étudier… Le ciel et les étoiles !
« Savez-vous ce qu'est une étoile ? » demande Madame Bobinette en observant les enfants d'un air malicieux.

Silence. Le cœur de Plume fait pataclop, pataclop. Elle connaît la réponse, mais les mots ne sortent pas.
Soudain, Léo claironne :

« Les étoiles, ce sont les yeux des zombies volants. Et la pluie, c'est le ciel qui fait pipi, hi hi ! »
Tout le monde rit.

À ces mots, Plume, si timide d'habitude, s'écrie sans réfléchir :
« Pas du tout, les étoiles, ce sont des milliards de soleils dans le ciel ! C'est pour ça qu'elles brillent. Elles nous envoient leur lumière de très loin dans l'espace. »

Quel discours ! Elle n'a jamais autant parlé devant la classe. C'est drôle, tous la regardent, étonnés. A-t-elle dit une bêtise ?
« Très bien, Plume, approuve la maîtresse, tu as raison. Tiens, puisque les étoiles t'intéressent, je te prête cette grande carte du ciel : tu verras, elle brille dans le noir. »

En rentrant de l'école, ce jour-là, Plume a le cœur léger.
Elle montre sa belle carte lumineuse à ses parents.
« Papa, annonce-t-elle, maintenant c'est moi qui vais t'apprendre des choses sur le ciel ! »

Domino va chez ses grands-parents

Aujourd'hui, Domino va passer l'après-midi chez ses grands-parents.
Le petit blaireau rouspète : « Je n'ai pas envie d'y aller. Je veux rester à la maison et jouer au voleur masqué avec Pirouette et Pirlouit.
– Oh ! Arrête de ronchonner, soupire maman. Tes grands-parents t'attendent. Ca va être très chouette et tu t'amuseras bien. Tu verras tes amis mercredi. »

Domino arrive en boudant chez ses grands-parents qui habitent de l'autre côté du vieux pont.

« Que se passe-t-il, chéri, tu es malade ? s'inquiète mamie Blaireau.

– Non, répond Domino, ça va.

– Alors, vite, en cuisine ! J'ai tous les ingrédients pour préparer un bon gâteau au chocolat ! »

Mais Domino fait la moue :

« Bof, répond-il.

– Tu n'as pas envie de faire de la pâtisserie ? » s'étonne sa grand-mère, déçue.

Papy Blaireau dit alors :
« Eh bien, allons jardiner au potager, Domino. J'ai besoin d'aide pour cueillir les radis et chasser les limaces ! »
Mais Domino soupire :
« Je ne sais pas… Non, je préfère regarder des dessins animés. »
Et Domino tourne le dos à ses grands-parents. Il entre dans la maison et allume la télévision. Il aime beaucoup son papy et sa mamie, mais aujourd'hui, Domino est contrarié : tout l'ennuie.

Dans la cuisine, sa grand-mère fait du bruit avec ses casseroles. Domino monte le son de la télévision. Bientôt, une délicieuse odeur de chocolat chaud envahit le salon. Domino essaie de se concentrer sur les aventures du Capitaine Tempête... Mais ce parfum est irrésistible ! Et puis, il a déjà vu cet épisode. Domino rejoint sa grand-mère aux fourneaux.

« Qu'est-ce que tu fais ? demande-t-il.
– Tu vois, je prépare le gâteau, répond mamie. Regarde, je t'ai acheté un tablier. Ton prénom est brodé dessus. »

Domino l'enfile. Oh ! Il a l'air d'un vrai pâtissier ! Allez, au travail : Domino casse les œufs, verse le sucre et la farine, puis le chocolat fondu. Miam, il en vole une cuillerée.
« Petit gourmand, je t'ai vu. »
Et hop, mamie Blaireau fait comme Domino ! Tous deux éclatent de rire et mamie Blaireau met le gâteau au four.

Mais que fait papy Blaireau, dans le jardin ? Agenouillé au bord de la mare, il observe quelque chose. Intrigué, Domino le rejoint.
« Papy, que se passe-t-il ?
– Regarde tous ces têtards...
– Oh ! Qu'ils sont mignons !
– Oui, mais la couleuvre les a repérés, elle veut les dévorer...
– Ah non ! » s'écrie Domino.

Et vite, il saisit un bâton et l'agite dans l'eau en direction du serpent. Celui-ci file sous les nénuphars.
Youpi ! Les bébés grenouilles sont sauvés.
« Bravo ! s'exclame papy Blaireau. Oh, tu vois ces libellules qui dansent au-dessus de ta tête ? Elles sont amoureuses ! »
Il en sait des choses, son grand-père ! Domino l'écoute encore et encore lui raconter tout ce qui se passe dans la mare. Derrière sa moustache, papy Blaireau sourit.

Soudain, mamie Blaireau les appelle : « Mes chéris, c'est l'heure du goûter. »
Miam, le gâteau est délicieux.
Ding dong, on sonne à la porte. Ce sont les parents de Domino.
« Oh non, déjà ? » proteste le petit blaireau.
Ses grands-parents sourient :
« Ne t'en fais pas, nous allons nous revoir bientôt.
– Chouette ! Vivement samedi prochain ! » s'écrie Domino.

Ce soir-là, en rentrant au Grand Chêne, la petite famille croise mademoiselle Églantine. Elle est bien agitée, que lui arrive-t-il encore ?
« Je vais acheter un chapeau, dit-elle tout essoufflée. Il m'en faut un pour être toute belle demain soir : les Pic Épeiche, nos nouveaux voisins, organisent une fête. Tout le monde est invité. Il paraît même que monsieur Lapin va jouer de la trompette.

La vie est belle au Grand Chêne ! »